¡Qué sorpresa de cumpleaños!

Escrito e ilustrado por LORETTA LÓPEZ

LEE & LOW BOOKS Inc. • NEW YORK

En memoria de Jax

Con mi profundo agradecimiento a Liz
y Christy, por toda su fe, su apoyo y su
paciencia sin fin . . .

Para Armida, quien de veras cambió
su cumpleaños por el mío. ¡Gracias,
hermana querida!

A Salvador C. Ramírez,
el mejor cuñado del mundo,
un millón de gracias,
con besos y abrazos.
—L. L.

LEE & LOW BOOKS, Inc., 95 Madison Avenue, New York, NY 10016
Printed in Hong Kong by South China Printing Co. (1988) Ltd.

Book Design by Christy Hale
Book Production by The Kids at Our House

The text is set in Myriad Tilt
The illustrations are rendered in gouache and colored pencil on watercolor paper

10 9 8 7 6 5 4 3 2 1
First Edition

Library of Congress Cataloging-in-Publication Data
López, Loretta
[Birthday swap. Spanish]
¡Qué sorpresa de cumpleaños!/escrito e ilustrado por Loretta López.—1st ed.
p.   cm.
Summary: A five-year-old Mexican American girl who will not be six until December has a great deal
to celebrate when her sister swaps birthdays with her in the summer.
ISBN 1-880000-55-5 (hardcover)
[1. Birthdays—Fiction. 2. Mexican Americans—Fiction. 3. Sisters—Fiction. 4. Spanish language
materials.] I. Title.
PZ73.L68 1997
[E]—dc21
97-6668
CIP AC

 Me llamo Lori, y soy la más pequeña de mi familia. Me crié en una ciudad que está cerca de la frontera entre Estados Unidos y México. La mitad de mis parientes vive en México, y la otra mitad vive aquí. Ésta que ven aquí, es una foto que tomó mi papá en una fiesta que tuvimos en México, cuando yo tenía casi seis años. Entonces, mis hermanos Nuni y Beto, y mi hermana Cuqui eran adolescentes. Ése fue el año en que tuve la mejor de todas las fiestas de cumpleaños, y ahora les contaré por qué . . .

Era verano, sábado por la mañana, un día antes del cumpleaños de mi hermana Cuqui. Todos los años festejábamos el cumpleaños de Cuqui con una gran reunión familiar y una comida campestre en casa del tío Daniel, en México. Esta vez, yo quería comprarle algo a Cuqui, en vez de firmar solamente la tarjeta del regalo de mis padres. Pero por más que pensaba . . . y pensaba, no se me ocurría qué regalarle.

Cuando se lo dije a mamá, me contestó con una sonrisa: —Cuqui no espera que tú le vayas a dar ningún regalo, mija.

—¡Pero yo quiero dárselo! —le respondí—. El problema es que Cuqui es mucho mayor que yo y es difícil encontrar algo especial para ella.

—Bueno, trata de pensar en qué es lo que a ti te gustaría —dijo papá.

Pensé . . . y pensé . . . Yo no cumplía años hasta diciembre.

—¡Un caballo! —grité. Mamá y papá se miraron.

—Es demasiado grande para nuestro patio —contestó papá—. ¿Qué otra cosa?

—¡Un gatito!

Mamá movió la cabeza:

—Cuqui es alérgica a los gatos, y yo también.

—Piensa en alguna otra cosa —dijo papá—. ¿Qué es lo que te gustaría a ti más que nada en el mundo?

¡Ya lo tenía! ¡El regalo perfecto!

—¡Un perrito!

Papá sonrió, pero mamá se puso seria:

—Tener un perrito es una gran responsabilidad. Cuqui comienza ahora su último año de escuela secundaria, y no tendrá tiempo para cuidarlo.

—¡Yo la podría ayudar! —exclamé.

—¿Sabes qué? —me dijo mamá—. ¿Por qué no me acompañas a hacer los mandados? Quizá puedas encontrar algo. ¿Verdad que sí?

Entonces, mamá y yo fuimos en carro hasta el puente, y cruzamos la frontera. Primero, pasamos por casa de tía Sabina. Me encantaba visitar a tía Sabina, porque ella hacía tortas de cumpleaños para vender, y en su casa siempre había un rico olor a tortas, pasteles, y a cera de velas derretidas.

Tía Sabina estaba terminando un enorme pastel. Me besó y me acarició la mejilla con sus manos suaves y llenas de azúcar.

—¿Cómo estás, Lori? —me saludó.

—Más o menos, tía. No sé qué regalarle a Cuqui.

—Oh, no te preocupes por eso —dijo mi tía—. Quizá se te ocurra algo, mientras tu madre y yo hablamos de tortas y pasteles.

Mamá y tía Sabina se fueron para la cocina, y yo me quedé mirando los adornos de los pasteles, pero seguía sin tener idea sobre el regalo . . .

Nuestra parada siguiente fue en el mercado. El mercado en México era muy diferente del supermercado al que íbamos cerca de casa. En este mercado siempre había ruido y estaba lleno de gente que compraba o que vendía, y de músicos. También había una sección especial de animales vivos, en la que vendían pollos, patos, pericos, ¡y hasta burros!

Mamá fue directamente a los puestos de frutas y verduras. De pronto, vi un gran cajón de tomates rojos. *A Cuqui le encantan los tomates,* pensé, y tomé uno. Pero en realidad, un tomate no era nada especial.

—¿Qué te parece? —le pregunté a un gatito que pasaba por ahí.

—Neooo —me contestó maullando con voz finita.

Puse el tomate de vuelta en su lugar, y me acerqué a mamá, que estaba en la tienda de curiosidades, donde vendían todo tipo de chucherías para los turistas. ¡Qué cosas tan bonitas! Cerditos de cerámica que eran alcancías, marionetas, maracas, animales hechos de cristal, y grandes sombreros con coloridos bordados y lentejuelas. Podría haberme pasado horas mirando todo lo que había en esa tienda, pero en seguida me di cuenta de que nada de lo que tenían allí era lo que yo buscaba para Cuqui.

Cuando regresábamos al carro, pasamos por donde estaban las piñatas.

—Espera un segundo —dijo mamá, y en seguida comenzó a hablar en voz baja con el señor que vendía las piñatas. Mientras tanto, yo me paseaba por la tienda y hacía amigos. Mi preferido era el burrito.

—Mamá, ¿y qué tal esto? —le pregunté.

—Me parece que Cuqui es demasiado grande para una piñata, ¿no crees? —me contestó, tomándome de la mano mientras caminábamos de vuelta al carro.

—No te preocupes, todo saldrá bien.

A la mañana siguiente, fui la última en levantarme. La casa era una locura, todo el mundo corría de un lado para otro, preparándose para la gran fiesta. Mamá me había hecho un vestido nuevo para ir a la iglesia, y me arregló el pelo con cintas de seda azul.

—¡Caramba, hoy sí que voy elegante a la iglesia! —exclamé.

Mi madre arqueó las cejas y sonrió. *La gente grande,* pensé.

Nuestra iglesia estaba en México, así que la misa fue en español. A mí siempre me gustaba sentarme quietecita y mirar las pinturas y las ventanas de vidrios de colores. Pero ese día estaba muy nerviosa. Cuando vi a mis hermanos salir antes de que terminara la misa, quise ir con ellos, pero Cuqui me dijo en voz baja que tenían que ir a buscar algo y que al rato estaríamos todos juntos otra vez.

Después de la iglesia fuimos a casa del tío Daniel. Y cuando llegamos, ocurrió algo increíble:

—¡¡¡**S**orpresa!!! ¡Feliz cumpleaños, Lori! ¡Feliz cumpleaños! Allí estaba todo el mundo: mis tías y mis tíos, todos mis amigos, nuestros vecinos, mis primos de los dos lados de la frontera. ¡Todos!

—Pero... —dije— no es mi cumpleaños.

—Bueno, lo que pasa —explicó Cuqui— es que como mi cumpleaños es en verano, yo

siempre tengo una gran fiesta. Pero tu cumpleaños es en invierno, cuando hace demasiado frío, y tú no puedes tener una fiesta así. Entonces, se me ocurrió que este año sería bueno intercambiar cumpleaños. Después de todo, ya yo soy un poco grande para esto.

    —Así que —sonrió Cuqui—. ¡Feliz cumpleaños!

    ¡Yo no lo podía creer! Abracé fuertemente a mi hermana y corrí adonde estaban todos.

¡Qué día! Nadamos en la alberca del tío Daniel, jugamos y corrimos, y comimos mucho. Había tanta comida que ya ni me acuerdo de todo lo que había. Y en el centro de la mesa estaba el hermoso pastel que yo había visto en casa de tía Sabina el día anterior, pero ahora tenía siete velitas: seis, más una para la buena suerte.

Cuando llegó el momento de la piñata, me encontré con otra sorpresa. ¡Era el burrito! Cada uno podía golpear la piñata hasta tres veces, y la verdad es que eso no me gustó mucho, pero mamá dijo que era mejor así, porque el burrito estaba tan lleno de dulces que le dolía la panza.

Pero la mejor sorpresa vino al final. Era una caja sencilla con un moño. Papá dijo:

—Este regalo es de todos nosotros para ti.

¿Y adivinen qué había adentro? Era algo que yo deseaba más que nada en el mundo...

¡¡¡**U**na perrita!!!
La saqué de la caja. Estaba tan contenta que meneaba la cola y me lamía la cara.

—Se llama Canela —dije— y todo el mundo aplaudió.

Jugué un rato con Canela, y comí un poco más de pastel y de helado. Comenzaba a oscurecer cuando llegó una orquesta de mariachis, y todos se pusieron a bailar. Al rato, todos los niños comenzaron a quedarse dormidos en el césped de tan cansados que estaban.

Yo traté de mantenerme despierta, pero creo que al final me quedé dormida.

Cuqui me dijo que hubo mucho ruido en la fiesta, pero yo ni siquiera me desperté. Mamá me contó que cuando terminó la fiesta, papá me llevó en brazos hasta el carro, pero yo ni siquiera me di cuenta hasta que estuve acostada en mi cama. Y así fue como todo sucedió. A mi hermana se le ocurrió la idea de celebrar mi cumpleaños en lugar del suyo, y yo pienso que ésa es una de las cosas más bonitas que una persona puede hacer.

¡**B**uenas noches!